CHANTS

DES PÉLERINS

DE VERDELAIS.

Bordeaux,

TH. LAFARGUE, IMPRIMEUR-LIBRAIRE,

RUE PUITS DE BAGNE-CAP, 8.

1850.

CHANTS

DES

PÉLERINS DE VERDELAIS.

CHANTS

DES PÉLERINS

DE VERDELAIS.

Bordeaux,

TH. LAFARGUE, IMPRIMEUR–LIBRAIRE,

RUE PUITS DE BAGNE-CAP, 8.

1850.

TABLE.

———o—o⊗o—o———

Ballade.

Notre-Dame de Verdelais.

NOTRE-DAME DE VERDELAIS.

BALLADE.

Non est hìc aliud nisi domus Dei,
et porta Cœli. (GENÈSE 28 , 17).
C'est véritablement ici la maison
de Dieu et la porte du Ciel.

ERMITE , que ma voix appelle ,
Dis-moi , quelle est cette chapelle ,
Plus brillante aux yeux qu'un palais ?
— Ce moûtier riant et sévère
Est la retraite où l'on révère
Notre-Dame de Verdelais.

De cette demeure pieuse
L'histoire est vraiment merveilleuse ,
Et je te la puis raconter ,
Si dans le modeste ermitage
Dont le ciel a fait mon partage ,
Un moment tu veux t'arrêter.

Mon fils, cette fraîche colline,
Où le pampre rit et s'incline,
N'eut pas toujours le même attrait;
C'était jadis un lieu sauvage
Où s'épaississait le feuillage
D'une sombre et verte forêt.

Aussi puissante qu'une reine,
Là vivait une châtelaine :
C'était Marguerite de Foix;
Tandis que dans la Terre-Sainte,
Son époux guerroyait sans crainte,
Pour le triomphe de la Croix.

D'une absence trop prolongée,
Cette châtelaine affligée
Se consumait dans ses douleurs :
Enfin, vers la Vierge Marie,
Tournant sa pensée attendrie,
Elle dit, en versant des pleurs.

« Toi, qu'en vain jamais on n'implore,
» Vierge du Ciel, mystique aurore
» Qui luis au cœur du malheureux,
» Écoute le cri de mon âme,
» Et de ta bienfaisante flamme
» Féconde mes timides vœux !

» Rends-moi, rends-moi l'époux que j'aime,
» Sauve-le du danger extrême
» Que je redoute pour ses jours !
» Mère du Christ, sois-moi propice,
» Sois pour nous, miroir de justice,
» Notre-Dame de Bon-Secours.

» Si ta bonté n'est pas rebelle
» Aux vœux qu'une épouse fidèle
» Vers ton trône vient d'exhaler,
» Je te promets, Vierge que j'aime,
» Une chapelle à l'endroit même
» Qu'il te plaira me révéler ! »

Bientôt du ciel récompensée,
Marguerite fut exaucée ;
Son noble époux lui fut rendu !
Un fils combla leur allégresse
Et vint consoler leur tendresse
De l'avoir longtemps attendu !

Dans son bonheur, la châtelaine
N'oubliait pas, ingrate et vaine,
Le vœu qu'elle avait à remplir,
Quand une lumière céleste
L'attira vers le site agreste
Qui devait le voir s'accomplir.

Or, un beau jour qu'avec son page,
Dans la forêt noire et sauvage,
Elle passait rapidement ;
Voilà qu'au sein de la clairière,
Son blanc coursier sur une pierre
S'arrêta par enchantement.

C'est vainement que sa maîtresse
Trois fois l'aiguillonne et le presse
De son double éperon d'airain ;
On dirait qu'un ange invincible,
En ce lieu, d'un bras inflexible,
Du palefroi retient le frein.

Aussitôt, la dame pieuse,
Sur la pierre mystérieuse,
Se mit en devoir de prier,
La dure pierre à sa surface,
Gardait l'ineffaçable trace
Du fer que portait le coursier.

Quand cette pierre fut levée,
L'oraison étant achevée,
Soudain s'offrit à tous les yeux,
De grâce, de candeur vêtue,
La miraculeuse statue
De la chaste Reine des Cieux.

Acceptant sa mission sainte,
Marguerite, dans cette enceinte
Oublia l'éclat des palais ;
Et du ciel à jamais chérie,
Fonda, pour honorer Marie,
La chapelle de Verdelais.

Près de la pierre consacrée,
On voit l'image vénérée,
Qu'une lampe éclaire toujours ;
La Vierge en miracles abonde ;
Aussi de tous les points du monde,
On vient implorer son secours.

Par le pouvoir de ses reliques,
Sur de glacés paralytiques
Le mouvement est descendu ;
Et plus d'une mère isolée,
Près d'elle a revu consolée,
Le fils qu'elle croyait perdu.

Va donc aux pieds de Notre-Dame,
Pélerin, répandre ton âme
Et déposer ton *ex voto*.
Prie aussi pour moi, car peut-être,
La tombe où je dois disparaître.
Demain blanchira le coteau !

(LORRANDO).

L'ANGE ET LE PÉLERIN.

Air de la Prière du soir.

L'Ange.

LE soleil d'automne
Sur les toîts rayonne ;
Le ciel est serein,
Le temps qui va vite
A partir t'invite,
Pieux pélerin.

Va vers la Chapelle
Mille fois plus belle
Que tous les palais,
Le vrai sanctuaire
De la Vierge-Mère
Est à Verdelais.

Le Pélerin.

Voix mystérieuse,
Quelle âme rêveuse
Ne t'entendrait pas !
Daignez, ô Marie,
Guider, je vous prie,
Mon cœur et mes pas.

Quand Dieu nous protège,
Sa puissance abrège
Le plus long chemin.
Lieux chers à ma Mère,
Je vais donc, j'espère,
Vous revoir demain !

L'Ange. Sous ce vieux portique
La Rose mystique
T'embaume déjà :
A travers les âges,
Malgré les orages,
Elle est toujours là.

Que ton front s'incline ;
La Vierge divine
Sourit à ta foi :
Et toujours clémente,
Sa bouche puissante,
Va prier pour toi.

Le Pèlerin. O Mère admirable,
Vierge vénérable,
O vase d'honneur !
Miroir de justice,
Serez-vous propice
Au pauvre pécheur ?

Que le temps me dure !
Vierge aimable et pure,
Comblez mes souhaits !
Quelle impatience !
Ah ! mon cœur d'avance
Est à Verdelais !

G.

L'ERMITE DE VERDELAIS.

Air des Mariniers : *Sur la terre et sur l'onde.*

Sous cette croix légère
Où s'enlace un serpent,
Vois-tu le sanctuaire
Cher au chrétien fervent?
Pour prier Dieu,
Il faut être dans ce lieu :
C'est Verdelais
Que tu n'oubliras jamais!

Dans ce pieux asile
J'ai trouvé le bonheur ;
J'y veux mourir tranquille,
Dans les bras du Seigneur.
Pour prier Dieu,
Il faut être dans ce lieu :
O! Verdelais,
Qui peut t'oublier jamais?

Le matin, dès l'aurore,
Sous un beau ciel d'azur,
Le coteau s'y colore
D'un soleil toujours pur.
Pour prier Dieu,
Il faut être dans ce lieu :
   O ! Verdelais,
Qui peut t'oublier jamais ?

Une cloche argentine
Porte, trois fois par jour,
A la Vierge divine,
Un triple élan d'amour.
Pour prier Dieu,
Il faut être dans ce lieu :
   O ! Verdelais
Qui peut t'oublier jamais ?

La nuit, ce bois antique
Ouvre sa profondeur
A l'astre sympathique
Qui plaît tant au malheur.
Pour prier Dieu,
Il faut être dans ce lieu :
   O ! Verdelais,
Qui peut t'oublier jamais ?

Si, bientôt, je succombe,
Souviens-toi, Pélerin,
De venir sur ma tombe,
Répéter ce refrain :
Pour prier Dieu,
Il faut être dans ce lieu :
   O ! Verdelais,
Qui peut t'oublier jamais ?

—   G.

L'ARRIVÉE A VERDELAIS.

Air : *Triomphez, Reine des Cieux*.

Verdelais, miroir des Cieux,
Je viens saluer votre temple :
Verdelais, miroir des Cieux,
Vous charmez mon cœur et mes yeux !

Toute âme fidèle,
Dans votre chapelle,
Toute âme fidèle
Vient ici prier;
Marie, à mon tour, comme elle,
Je viens vous glorifier.
Verdelais, miroir des Cieux, etc.

Près du toît de Bethléem,
Où s'abrita la Vierge mère,
Près du toît de Bethléem,
Je crois trouver Jérusalem.

Heureuse harmonie,
Dont l'âme est ravie,
Heureuse harmonie,
Touchante union!
Gloire à Dieu! gloire à Marie!
Je vais donc revoir Sion!

Près du toît de Bethléem, etc.

—

Jardins, parez de vos fleurs
La Maison d'or, la Tour d'ivoire,
Jardins, parez de vos fleurs
L'Image où sont fixés nos cœurs.

    Anges, plus de trève,
    Pour la nouvelle Ève,
    Anges, plus de trève,
    A vos doux concerts;
J'arrive enfin : est-ce un rève?
Les saints parvis sont ouverts!

Jardins, parez de vos fleurs, etc.

—

Verdelais, miroir des Cieux,
Je viens saluer votre temple,
Verdelais, miroir des Cieux,
Vous charmez mon cœur et mes yeux.

    O Sainte Marie,
    O Mère chérie,
    O Sainte Marie,
    Trésor de ma foi;
Puisqu'à vos pieds je vous prie,
Priez aujourd'hui pour moi.

Verdelais, miroir des Cieux, etc.

— .   G.

LA BONNE MÈRE DE VERDELAIS.

Air : *Qu'ils sont aimés, Grand Dieu, tes tabernacles !*

O vous, pour qui l'existence est amère,
Ou que le Ciel combla de ses bienfaits,
Venez prier ou bénir votre Mère,
Et saluer l'autel de Verdelais.   (*Bis*)

Pauvres paysans qu'abrite une chaumière,
Rois qui vivez en de riches palais,
Petits ou Grands, vous n'avez qu'une mère ;
Songez-y bien : Elle est à Verdelais.   (*Bis*).

En deuil d'un fils, d'un époux ou d'un père,
Vous qui pleurez, et n'oubliez jamais,
Confiez-vous à la divine Mère,
Elle ouvre aux morts le Ciel à Verdelais.   (*Bis*).

Vierge au front pur, au cœur plein de mystère,
Pour que ce cœur batte toujours en paix,
Viens le cacher dans le cœur de ta Mère ;
Viens ; tout orage expire à Verdelais.   (*Bis*).

Comme une fleur la vie est éphémère :
Tu meurs, Chrétien, mais aussi tu renais !
Ah ! puisses-tu, là haut, dire à ta Mère ;
« Souvenez-vous des jours de Verdelais. »   (*Bis*).

— C.

AVE, MARIS STELLA!

Salut, étoile des mers,
De Dieu Mère aimable et pure,
Vierge toujours sans souillure,
Par qui les Cieux sont ouverts.

En agréant à jamais
L'heureux salut de l'Archange,
Que votre nom d'Ève change ;
Et gardez-nous dans la paix.

Brisez les fers du pécheur,
Que l'aveugle ait la lumière ;
Sauvez-nous de la misère,
Procurez-nous le bonheur.

Soyez notre mère à tous,
Afin qu'à nos vœux réponde
Celui qui, Sauveur du monde,
Voulut bien naître de vous.

Vierge de qui la douceur
Ne saurait avoir d'égale,
De votre âme virginale,
Procurez-nous la candeur.

Inspirez-nous vos vertus ;
Tracez-nous de sûres voies,
Pourqu'en d'éternelles joies,
Nous contemplions Jésus.

Louange au Dieu créateur,
Gloire au Fils dans tous les âges,
Au Saint-Esprit nos hommages,
A tous trois le même honneur.

—

G.

MEMORARE,

(**SOUVENEZ-VOUS**), DE S. BERNARD.

Air : O Fontenay , qu'embellissent les roses.

Souvenez-vous très pieuse, Marie,
Qu'on n'a jamais entendu jusqu'ici,
Dire que nul, en cette triste vie,
Ait vainement imploré votre appui.

Moi-même, hélas, dans cette confiance,
Pauvre pécheur, à vos pieds gémissant,
Je vous demande un regard d'indulgence;
Soyez en aide à mon cœur pénitent.

O Vierge sainte! O Marie! O ma mère !
Par vos rigueurs loin de me repousser,
Toujours clémente, à mon humble prière
Soyez propice, et daignez l'exaucer.

—   G.

LE STABAT.

Air du Plain-chant de l'Église.

La Vierge mère des douleurs,
Près de la croix était en pleurs,
Devant son Fils suspendu.

Dans son âme qui gémissait,
Et que la tristesse oppressait,
Descendit un glaive aigu.

Oh! qu'elle éprouva de tourments,
La mère bénie en tout temps
Du fils unique de Dieu!

Tremblante, elle se désolait,
Quand son œil pieux contemplait,
Son Fils souffrant en ce lieu.

Quel homme verrait, sans pleurer,
La mère du Christ endurer
Un supplice, hélas, si grand !

Qui pourrait ne pas s'attendrir,
De voir cette mère gémir,
Avec son fils expirant?

Pour les péchés du genre humain,
Elle vit Jésus sous la main,
Qui, sanglant, le flagella!

Elle vit son Fils bien aimé,
Agonisant, seul, abîmé,
Quand son âme s'exhala.

Pauvre mère, source d'amour,
Ah! faites du moins qu'à mon tour,
Je souffre et pleure avec vous.

Faites que, du fond de mon cœur,
En aimant le divin Sauveur,
Pour lui mon amour soit doux.

Daignez, Mère sainte à jamais,
Fixer sur mon cœur seul les traits,
Qu'il reçut crucifié.

A votre Fils blessé pour nous,
Permettez que de tant de coups
Je prenne au moins la moitié.

Qu'à vos chagrins associé
Je pleure un Dieu crucifié,
Jusqu'à mon dernier soupir.

Près de vous, au pied de la Croix,
A votre lamentable voix,
Ma triste voix veut s'unir.

Vierge des vierges du Seigneur,
Montrez-vous pour moi sans rigueur,
Et que je pleure avec vous.

Que la mort du Christ soit ma mort,
Que sa passion soit mon sort,
Que je recueille ses coups!

Faites que je sois déchiré,
Et de cette Croix enivré,
Pour l'aimer plus dignement.

O Vierge, que dans ma ferveur,
Je trouve en vous un défenseur,
Au grand jour du jugement!

Que par sa Croix mon cœur soit fort,
Que je me sauve par sa mort,
Que sa grâce soit mon prix!

A l'heure où mon corps doit mourir,
Faites à mon âme obtenir
La gloire du Paradis.

G.

LE MOIS DE MARIE.

Air : *Accourez; Enfants de Marie.*

(Lambillotte).

Accourez, Enfants de Marie,
Aux marches de l'autel;
Venez dans l'Église fleurie,
Vers la Reine du Ciel.

Déjà dans les jardins, de leur corolle humide,
La rose et le lilas au loin parfument l'air;
Déjà d'un cri plaintif la colombe timide
Annonce au fond des bois le départ de l'hiver.

Accourez, Enfants de Marie, etc.

Le pieux pélerin va se remettre en route,
Pour voir avant sa mort l'heureuse Bethléem,
Tandis que mille voix font retentir la voûte
Du temple où tout-à-coup renaît Jérusalem.

Accourez, Enfants de Marie, etc.

O des desseins de Dieu mystère impénétrable,
Sous nos crimes, hélas! nous allions périr tous;
La tige de Jessé porte une fleur aimable,
Et le Verbe fait chair habite parmi nous.

> Accourez, Enfants de Marie, etc.

Vierge sainte en tous lieux, toujours brillante aurore,
Sous la nouvelle loi, comme aux jours d'Abraham,
L'univers vous attend ou bien il vous implore;
Prenez donc en pitié le sort des fils d'Adam.

> Accourez, Enfants de Marie, etc.

Lorsque le Roi des rois veut châtier nos âmes,
Calmez de votre Fils le trop juste courroux;
Éteignez de vos pleurs les dévorantes flammes,
Et que nos fronts courbés échappent à ses coups.

> Accourez, Enfants de Marie, etc.

Mais quel beau jour a lui!... c'est le jour d'une autre Ève;
Il repousse aux enfers les ombres de la mort;
La terre a tressailli, le roseau se relève,
L'oiseau reprend ses chants et l'orage s'endort.

Accourez, enfants de Marie, etc.

G.

LITANIES DE VERDELAIS.

Air : *Du fil de la Vierge.*

Seigneur, Dieu tout-puissant, quand la foi nous ramène
A vos genoux,
Père, Fils, Saint-Esprit, Trinité souveraine,
Exaucez-nous !

Et vous, Mère du Christ, bienheureuse Marie,
Mère de Dieu,
Mère du Créateur, que notre bouche prie,
Dans le saint lieu :
Vierge digne d'honneur, Vierge toujours fidèle,
Rayon de miel,
Tour d'ivoire, miroir de justice éternelle,
Porte du Ciel,
Temple de la Sagesse, où les rois de la terre
S'inclinent tous,
Étoile du matin, et Rose de mystère,
Priez pour nous !

Par vous, baume d'espoir, les maux de l'indigence
      Sont moins amers,
Par vous, les matelots trouvent une assistance,
      Au sein des mers ;
Refuge des pécheurs, tendre consolatrice
      Des affligés,
Maison d'or, où tous ceux que poursuit l'injustice
      Sont protégés !
Laissez, Tour de David, nos timides louanges,
      Et nos soupirs,
Se mêler aux accents des Prophètes, des Anges,
      Et des martyrs,
Reine de tous les Saints, formant une couronne,
      Autour de vous,
Afin que du Très-Haut, la bonté nous pardonne,
      Priez pour nous,

De grâce, épargnez-nous sur le bord des abîmes,
      Agneau de Dieu ;
Exaucez-nous, Seigneur, effacez de nos crimes
      Le triste aveu ;
L'homme des anciens jours de son erreur profonde
      Fut châtié,
Soyez-nous plus clément, et des péchés du monde
      Ayez pitié !
Adorable Jésus, de vous et de Marie,
      Suivant les lois,
Faites-nous conquérir la céleste patrie,
      Par votre Croix,
Seigneur, Dieu tout-puissant, quand la foi nous ramène
      A vos genoux,
Père, Fils, Saint-Esprit, Trinité souveraine,
      Exaucez-nous.

                           G.

LA GARONNELLE,

SOUVENIR DE VERDELAIS.

Air : *Combien j'ai douce souvenance.*
(Chateaubriand).

O ! que j'aime la Garonnelle,
Et Verdelais et sa chapelle,
Où nul n'a vu le pélerin
　　Fidèle
Prier l'étoile du matin
　　En vain !
Dans une douce rêverie,
Devant votre niche fleurie,
Je vins aussi plus d'une fois,
　　Marie,
Unir aux chants des villageois
　　Ma voix.

Dès que l'aube venait de naître,
Seule et pensive à ma fenêtre,

Je me disais : « Ce beau ciel bleu,
    » Peut-être
» Va laisser monter jusqu'à Dieu
    Mon vœu ! »

Bientôt après, l'airain sonore,
De l'Angelus et de l'aurore
Annonçant le joyeux retour
    encore,
Me pénétrait pour tout le jour
    D'amour.

Plus tard, au fond du sanctuaire,
Dans le silence et la prière,
A contempler pieusement
    Ma mère,
J'éprouvais un apaisement
    Charmant !

Bien souvent heureuse d'attendre,
Que la lune vînt m'y surprendre,
Du fond de la nef je croyais
    Entendre :
« Va, que Dieu te garde à jamais
    » En paix » !

Ah ! puisqu'en y songeant je pleure,
Bonne Vierge, avant que je meure,
Faites que par vous, craignant peu
    Cette heure,
Je puisse dire à ce saint lieu :
    Adieu.

Rendez-moi donc la Garonnelle,
Et Verdelais et sa chapelle...
Leur souvenance est tous les jours
    Plus belle,
C'est là que seront mes amours
    Toujours !

                     G.

LA DERNIÈRE HEURE.

A VERDELAIS.

Air : *Il faut quitter ton sanctuaire.*

Ne quittons pas le sanctuaire
Où tant de larmes ont coulé,
Où toute peine est plus légère
Et tout pélerin consolé.

Verdelais, sois notre patrie,
Notre espérance et nos amours ;
Ah ! laissez-nous près de Marie,
Toujours, toujours, toujours, toujours.

A l'ombre de ton tabernacle,
A travers les siècles passés,
Par un attendrissant miracle,
Que de vœux furent exaucés!
Verdelais, sois notre patrie, etc.

O Vierge féconde en merveilles,
Sous tes regards doux et sereins,
La grappe mûrit sur nos treilles,
Le lys fleurit dans nos jardins.

Verdelais, sois notre patrie, etc.

Il faut quitter ton sanctuaire,
Adieu, bonne Marie, adieu,
Pour prix de notre humble prière,
Souviens-toi de nous devant Dieu !

Verdelais, sois notre patrie ;
Notre espérance et nos amours,
Nous reviendrons près de Marie,
Toujours, toujours, toujours, toujours.

G.

SALUT AU SAINT-SACREMENT,

A VERDELAIS.

Quel éclair a percé la nue ?
Pour qui les Cieux sont-ils ouverts ?
Quelle est la merveille inconnue
Qui fait tressaillir l'univers !

C'est la plus humble des victimes
Qui vient des parvis éternels,
Et qui, pour effacer nos crimes,
S'immole encor sur nos autels.

Chrétiens, redoublons nos prières !
Prêtres, brûlez un pur encens !
O Dieu des pères de nos pères,
O Christ, protégez nos enfants.

BORDEAUX. — IMPRIMERIE DE TH. LAFARGUE, LIBRAIRE.